AF452938

Un traducteur plus habile eût réussi peut-être à reproduire toutes les poésies de M. Baratinsky; je me suis borné à celles qui étaient à ma portée, et bien qu'elles perdent déjà beaucoup en quittant le rythme harmonieux de leur idiôme maternel, pour passer, en prose, dans une langue qui n'est pas la mienne, ce qui me console de mon travail ingrat, c'est de les offrir à la nation qui accueille avec sympathie les belles créations de tous les pays, qui m'en saura gré et qui saisira les intentions du poëte, là même où le traducteur aura failli.

Présages.

Tant que l'homme n'avait pas sondé la nature avec le scalpel, la balance et la fournaise; que, semblable à l'enfant docile, il lui prêtait une respectueuse attention; qu'avec une foi profonde, il suivait le sens de ses phénomènes; tant qu'il l'aimait, enfin;

Elle aussi, lui répondait avec amour. Pleine d'une sollicitude maternelle, elle avait un idiôme à sa portée.

Pour l'avertir d'un danger, le corbeau croassait à sa rencontre; alors, humble devant le destin, il abandonnait tout projet téméraire.

Le loup traversant sa route, le poil hérissé et tournant sur lui-même, présageait la victoire, et, plein d'une aveugle confiance, le chef jetait ses guerriers à l'attaque.

Le couple de tourterelles planant sur sa tête lui

annonçait le bonheur en amour. Ainsi même, au désert, il n'était pas abandonné, une vie amie l'accompagnait sans cesse.

Mais lorsque , dédaignant ses instincts , il courut après la vanité des investigations, le cœur de la nature se ferma pour lui, et sur la terre il n'y eut plus de présages.

Rédemption.

Le chant du poète dissipe ses misères. L'âme, s'épanchant en mélodies, se libère du poids de la douleur. Le mystérieux pouvoir de l'harmonie rachète les cuisantes erreurs, appaise les passions rebelles ! Ainsi, ta grâce, ô sainte poésie ! ramène ta communiante au bercail : elle lui rend la pureté et la paix !

La Fée.

Quelquefois une fée m'apparaît en songe : elle vient, souriante et pleine de sollicitude, m'offrir, pour l'accomplissement de mes vœux, toutes les ressources de sa puissante science. Plein d'allégresse, je me hasarde à lui bégayer mes mystérieux desirs; mais, le dirai-je, même l'illusion du rêve ne me fait pas comprendre un bonheur inacheté. Toujours à ses magnifiques dons elle met une condition malicieuse qui les empoisonne ou les détruit. Ainsi, notre âme est vaincue par l'esprit moqueur de la terre; ainsi, toujours soumise aux despotiques impressions de la réalité, elle transporte ses habitudes journalières jusques dans le libre domaine de l'imagination.

Erreur.

O Mort! tu ne m'apparais pas suivant la puérile tradition, environnée de ténèbres, ni en fantôme sépulcral, orné de la faulx terrible!

Je reconnais en toi la fille des hautes régions, la beauté souveraine; ta main porte l'olivier de la paix, non pas la faulx meurtrière!

Lorsque du sein des forces sauvages surgit le monde lumineux, c'est à toi que le Tout-Puissant conféra l'harmonie de son œuvre!

Et tu planes sur l'univers, répandant la paix sur ses luttes, et de ta fraîche haleine tu appaises l'ardeur de la création!

Tu arrêtes l'ouragan dans sa fureur impétueuse, tu repousses dans ses rives l'Océan indomptable.

Tu poses des bornes à la végétation, afin que des forêts gigantesques n'envahissent pas la terre de leurs ombres destructrices, afin que le gazon n'atteigne pas les nues.

Et l'homme, vierge sainte! à ton approche, le rouge de la colère quitte ses joues, le feu de la luxure s'éteint.

Ton équitable justice confond les classes les plus opposées, et tu flattes d'une même main le maître et l'esclave!

La perplexité, la contrainte, telles sont les conditions de notre existence, et c'est toi qui résous toutes les énigmes, qui brises tous les liens!

La Finlande.

Salut à vous, rocs de la Finlande, colosses contemporains de l'univers. Salut à vous, géants séculaires, sentinelles de la couronne glacée du monde. Vous avez recueilli le poète dans vos cavernes sauvages. Puissent les épreuves de la vie le trouver éternellement immuable comme vous !

Combien tout ici charme merveilleusement le regard ! La mer se confondant avec l'horizon, la sombre forêt de chènes, descendue à pas pesants de ce mont graniteux, et qui se mire dans la surface tranquille des courants ! Il est tard, la lumière du jour a fui, mais le ciel est clair La nuit n'a pas de ténèbres pour les cimes de la Finlande, et le cortége inutile de ses étoiles diamantées l'accompagne seulement comme sa parure obligée.

La voilà donc cette patrie des fils d'Odin , effroi

des contrées lointaines; le voilà donc ce berceau de leurs jours à tempête, voués aux carnages fameux !

Le bouclier d'appel s'est tu ; on n'entend plus la voix du scald ; le chêne ardent s'est éteint ; le vent d'orage a dissipé les cris de triomphe ; les fils ignorent les exploits des pères, et les images de leurs dieux gisent détrônés dans la poussière, et tout ce qui m'entoure repose dans un éternel silence.

Qu'êtes-vous devenus, sombres héros qui portiez la guerre sur ces rivages, vous, fils vaillants de ces menaçantes éternelles cimes ; vous, dont les traces ont disparu de la mère patrie? Ces nuages qui glissent en sombre cohorte, ne sont-ce pas vos ombres qui considèrent tristement la terrre natale? Pourquoi ce lugubre aspect? Pourquoi, sur vos sombres visages, ce sourire de reproche? Vous avez passé dans le séjour des ombres. Le temps n'a pas épargné vos noms. Qu'est-ce donc que nos hauts faits? Qu'est-ce que la gloire contemporaine, et qu'est-elle donc notre génération légère? Oui, tout s'efface dans le gouffre des temps : même loi pour tous, la loi de la destruction.

De toute part, je crois entendre sa mystérieuse promesse d'oubli, sinistre menace qui saisit tant l'imagination !

Et pourtant, qu'importe à l'individu obscur, qui
aime la vie pour la vie elle-même? Le moment ne
m'appartient-il pas comme j'appartiens au moment?
Rien devant les siècles, n'ai-je pas l'éternité en moi ?
Qu'importent les générations évanouies, qu'importent celles à venir, mes chants sont-ils pour elles? Ne
suis-je pas assez payé pour mes sons par les sons eux-
mêmes, et pour mes rêves, par les rêves eux-mêmes?

Sommeil.

En vain tu cherches à me séduire par le retour de ta tendresse, le cœur désabusé demeure étranger aux prestiges du passé. Je n'ai plus confiance aux serments ; je ne crois plus à l'amour, et ne saurais reprendre aux rêves qui m'ont manqué une fois. N'augmente pas à ma vague tristesse ; n'essaie pas d'évoquer les souvenirs effacés, et, garde-malade attentive, respecte le repos du souffrant. Je dors, cette torpeur m'est douce ; oublie les songes d'autrefois, tu n'éveillerais dans mon âme que l'agitation , mais tu ne saurais ressusciter l'amour.

L'Idée.

L'Idée a le sort de la fleur, qui, dans son éclat, attire les moucherons aux ailes dorées, les brillants papillons, la cigale lui chante ses louanges. La fleur fanée, que deviennent les moucherons aux ailes dorées, les brillants papillons et les cigales chantantes? L'essaim volant l'abandonne, il ne s'en soucie plus, et cependant alors, de sa semence féconde, elle engendre une nouvelle fleur.

Soumission.

Pourquoi le captif aurait-il des rêves de liberté?
Vois : les ondes puissantes des fleuves coulent entre
leurs rives immuables, aussi résignées que majes-
tueuses! — Vois le sapin rester superbe sur la plage
qui l'a nourri, impuissant à se déplacer. Les astres
du ciel sont mus par une loi impérative, que leur intime la voie immense qu'ils doivent parcourir. Il n'est
pas libre non plus, le vent aux ailes légères, et une
occulte loi dirige son haleine soi-disant capricieuse.
Soumettons-nous donc à notre sort, sachons dompter,
sachons oublier les insurrections de notre âme impa-
tiente, et nous aurons le repos, et nous aurons le
bonheur. Insensés! n'est-ce pas aussi la volonté su-
prême qui a donné à l'homme la passion brûlante?
Oh! qu'elle est pénible pour nous, cette vie qui voudrait se répandre et que resserrent les rives étroites,
posées par la fatalité!

A Aurore C........

Qu'il te sied, ce nom d'Aurore, adolescente au teint vermeil! Inonde de tes rayons le cœur, que ton aspect appelle à la vie! Entends cette voix souffrante qui exclame sur ton passage : Pour qui se lève ce beau jour? Pour qui cette aurore charmante sera-t-elle soleil d'amour?

Le Crâne.

Frère trépassé, qui s'est permis de troubler ton sommeil? Qui a osé profaner la paix de la tombe? Je suis descendu dans ta demeure démolie; j'ai tenu dans mes mains ton crâne jaune et poudreux.

Il conservait encore des vestiges de cheveux; le regard pouvait suivre la marche de la destruction, terrible spectacle! Comme il avait de quoi saisir la pensée de l'héritier de la poussière!

Les jeunes insensés, mes compagnons, riaient follement sur ta fosse; si alors, si, dans mes mains, ton crâne avait parlé !

Si à nous, jeunes et pleins de vie, et pourtant sans cesse menacés de l'heure dernière, tu avais dévoilé, de ta voix solennelle, toutes les vérités connues aux sépulcres?

Que dis-je! Bénie mille fois la main qui a clos tes

lèvres! Grâces soient rendues à la loi traditionnelle qui a commaudé le respect au sommeil sacré de la tombe!

Que celui qui vit vive ; que le mort se dissolve en paix ; homme, créature de misère échappée à l'œuvre du Tout-Puissant, reconnais enfin que la sagesse et la science ne sont pas ton partage !

Il te faut des rêves et des passions , telles sont les conditions de l'être. On ne saurait soumettre à la même loi le tourbillon de l'univers et la paix du tombeau.

Le sage ne pourrait abdiquer les sentiments de la nature, de même qu'il ne saurait extorquer de réponses aux sépulcres. Puisse la vie accorder ses joies aux vivants, et que la mort seule leur enseigne à mourir !

La Vérité.

Enfant, je soupirais déjà après le bonheur; aujourd'hui encore, je l'appelle en vain, ou bien ne le trouverai-je jamais dans ce désert que l'on nomme la vie?

Les jeunes rêves n'habitent plus mon cœur, je ne distingue plus la lumière, j'ai perdu le but premier de mes espérances, et de nouveau, je n'en ai point.

La voix intime me dit : Tu es insensé, toi et tes souhaits; ainsi reniai-je à jamais mes plus belles chimères.

Mais pourquoi le désenchantement de mon âme ne s'accomplit-il pas entièrement? Pourquoi s'abreuve-t-elle encore des regrets du passé?

C'est ainsi qu'en murmurant, je repassais ma destinée, lorsque la vérité se dressa devant moi.

« Mon flambeau te guidera au bonheur, dit-elle,

à ton ardeur passionnée , j'opposerai la sage impartialité.

» Tu perdras avec moi la chaleur du cœur, tu connaîtras les hommes , et peut être, dans ton épouvante, reculeras-tu devant tes proches et tes amis !

» Je détruirai, il est vrai, les délices de l'existence, mais je te dévoilerai la vie, je frapperai ton âme d'un froid glacial , mais je te donnerai le repos. »

Je frémis en l'écoutant et soupirai dans mon amertume : « Amie des hautes régions , ta parole est funèbre , ton flambeau éclaire le sépulcre de mes dernières joies ! le repos que tu m'offres est, hélas ! le repos de la tombe, il est terrible pour les vivants.

» Non , je ne vais pas à toi ! ta science sévère ne me donnerait pas le bonheur ! Abandonne-moi , j'aime encore mieux suivre ma route en chancelant.

» Adieu ! Mais non , lorsque le flambeau de mes jours sera près de sa fin , et qu'il me faudra quitter tout ce que j'aime.

» Reviens alors ! Ouvre mes yeux , éclaire ma raison , afin que, dédaignant la vie, je puisse entrer sans
murmure dans l'éternelle nuit ! »

———————

Le Crépuscule.

Toujours éblouissante de parure, toujours puissante de passions inassouvies, tu ne soupçonnes pas même que ton printemps est bien loin de toi, et te voilà plus brillante que toutes les graces nouvelles, et ton crépuscule a plus de feu que leur froide aurore! L'esprit des voluptés t'anime mieux que leur existence végétative. Ombre ardente, tu soumets celles qui sont à celle qui n'est plus!

Le Souffle.

Une magique cité se forme parfois des nuages flottants ; que le vent l'effleure, la cité disparaît, sans qu'on en saisisse les traces ! N'en est-il pas ainsi des créations instantanées du poète ? Elles se dissipent au souffle des importuns.

Les deux Amours.

J'aime la belle aux yeux bleus ; une âme vraie se reflète dans le limpide azur de ce candide regard, et quand leur molle langueur s'adresse au bien-aimé, à lui le bonheur avec la quiétude, sans que jamais le doute cruel vienne le troubler.

Je crains, amis, la belle aux yeux noirs ; son âme se cache derrière un voile obscur ; l'amant brûle pour elle d'un amour tourmenté et toujours se défie des sombres globes ; quelque esprit mauvais a bercé son enfance, l'a entouré de ténèbres, lui a soufflé le caprice ! La malignité du malin s'est glissée dans son âme.

---

* Céleste symbole de son origine première,

Renaissance.

Le radieux printemps revient au son des chalumeaux, avec son escorte de plaisirs. L'air vivifiant répand de toutes parts ses parfums. La terre surgit de son sommeil!

Les brumes et la bise ont fui, les neiges se fondent en torrents. On entend de nouveau le son des cors et les zéphirs volent se jouer sur les prés refleuris.

La nayade endormie sur son urne s'éveille en secouant le givre de sa flottante chevelure, et brise la prison glacée de sa fontaine, pour lui laisser reprendre son doux babil.

Le ravissement ressaisit mon être, les cieux éclatent en sons, en lumière. Les accents des chantres ailés, les chansonnettes des bergers remplissent de joie les vallons, les collines, les bosquets!

Toi seule, pauvre Climène, tu gardes la tristesse,

toi seule ne fêtes pas le retour du printemps. Tu ne saurais pardonner encore à la loi fatale, la fuite de ta jeunesse !

Le chagrin serre ton cœur, les beautés de la nature ne te sourient plus. Oh ! si la munificence des cieux pouvait toujours ramener aux humains, la saison de l'amour, avec la saison des fleurs.

L'Harmonie.

Ton élu, ô Dieu de lumière, peut, au début de sa vie, être aux mains de l'esprit des ténèbres : il lui soufflera les ardeurs insensées, il l'entraînera aux festins du désordre, mais il ne pourra détruire en lui l'idéal du beau et la conscience des conditions rigoureuses auxquelles est soumise toute œuvre d'harmonie : si l'impétueux jeune homme se livrera aux orgies discordantes, l'amant de la lyre étudiera patiemment les lois de la juste cadence et les appliquera à ses chants.

Puis il cherchera à dompter ses passions, leur vapeur grossière n'offusquera plus sa vue et l'horizon poétique s'aggrandira sans bornes à ses yeux, l'harmonie de sa lyre, il voudra la donner à sa vie, il la rêvera pour l'humanité.

Les Frais de Route.

La bonne mère qui veut pour nous le voyage de la vie, a soin à notre départ de nous pourvoir de rêves d'or. Les rapides années nous mènent en poste de relais en relais, et c'est la monnaie dont nous payons les frais de route.

Réunion.

Il est proche le jour du revoir, je te contemplerai enfin, ô mon amie ! Pourquoi ma poitrine ne bondit-elle pas d'allégresse ? Oserais-je me plaindre ? Et cependant les jours du malheur me quittent trop tard, je n'accepte la joie qu'avec souffrance, son éclat n'est pas fait pour moi, et j'évoque en vain l'espoir du fond de mon âme endolorie ; elle ne répond pas avec ivresse à la faveur du destin, qui daigne lui sourire ! Il me semble que la joie m'arrive par erreur et que le bonheur ne me sied pas !

A une Camaraderie.

Fraternisez, veillez à la défense de vos médiocrités respectives, vous ineptes et intrigants écrivassiers, mais ne conviez pas le vrai talent à boire à votre coupe ; il retournera contre vous les paroles du Seigneur : *Amen*, *amen*, vous dira-t-il, où vous serez trois, je ne serai pas avec vous.

Souvenirs.

Je vous ai revus, charmants ombrages, non plus dans les resplendissantes journées du mois de mai, alors que balançant vos brillants rameaux verts, vous conviez le promeneur sous votre fraiche feuillée, alors que vous les embaumez de vos fleurs amoureusement sauvegardées ; je suis venu trop tard sous votre voûte enchantée. Les arbres avec leur dépouille d'automne ne me gardaient plus qu'un hostile accueil. Le gazon gelé craquait sous mes pieds et les feuilles sèches bruissaient tristement sous le tourbillon de la bise. Un souffle àpre me glaçait le visage en me jetant les senteurs flétries ; mais je ne cherchais pas les parfums du printemps, je voulais mon passé ; abimé dans mes regrets, je suivais lentement ces chemins, qu'une main habile avait tracés jadis. Hélas! ils avaient disparu ! On eût dit des sentiers, à peine marqués par un piéton de hasard. Je descendis dans la vallée aimée, cette berceuse caressante de mes premiers rêves, je cherchai les belles ondes de mon étang, les eaux bouillonnantes de la cascade amie. C'est là, me disais-je, que les témoins du passé voleront à ma rencontre avec tout leur cortége.... Vain espoir ! Privées de leur digue protectrice, les eaux avaient fui au loin, leur lit tapissé de mousse desséchée devenait le mercantile séjour des ruches à miel et la voie connue disparaissait sous mes pas. Plus rien à reconnaître ! Pourtant voici encore le sentier boisé, côtoyant la montée rapide, je me risque dans l'échappée téméraire, un précipice l'engloutit !... — Mon œil mesure tristement le gouffre inconnu, je cherche une autre issue. J'avance, mais là gisent éparses les colonnes d'un temple démoli, ici les débris d'un pont, et toi-même, majestueuse voûte aux lourdes pierres, grotte au frais abri durant les brûlantes chaleurs de l'été, toi aussi, tu menaces ruine ! Qu'importe, au fond, que le passé ait fui de son aile légère, tu es encore beau,

sauvage Élysée, et pour moi, ton attrait est le même!
Non, il ne fut pas froid d'esprit, il ne fut pas froid
de cœur, celui qui, avide d'une volupté infinie, assi-
gna à ces chemins ces détours capricieux ; celui qui
se plut au langage de ces érables, de ces chênes et
leur voua sa pensée et sa vie. — Depuis longtemps je
n'entends plus parler de lui, une tombe lointaine a
recueilli ses cendres, ma mémoire ne conserve plus
son image, mais ici, j'abonde en sa pensée ; ici, ami
comme lui de la rêverie et de la nature, je le com-
prends entièrement : c'est lui qui m'inspire de glori-
fier les forêts, les eaux, les vallons; il me confirme la
promesse de cette contrée, où j'hériterai du printemps éternel, de cette contrée, dont la destruction
n'approche pas, et où, sous les ombrages toujours
verts, auprès d'une fontaine immortelle, je retrouve-
rai l'ombre paternelle !

Far niente.

Merci, amis, pour votre indignation flatteuse ; mais, franchement, je renonce à la lyre et me livre avec ivresse au bonheur sans conditions.que m'offre la douce oisiveté. L'amour des vers a passé comme l'autre qui vaut bien mieux. Chanter encore, aimer encore, je le voudrais, mais mon âme est trop fatiguée. Je chéris mon pacte avec la désœuvrance ; doucement bercé par une somnolence bienheureuse, je ne veux pas tromper, par des transports empruntés, ni les douces filles de la terre, ni les austères vierges de l'Hélicon !

L'Étoile.

Regarde les étoiles. Vois combien il en brille et lumine dans la voûte azurée, au milieu du silence de la nuit.

Regarde-les bien : parmi elles, il en est une plus charmante que les autres. Pourquoi? Surgit-elle la première, serait-elle plus étincelante?

Non, sa lumière console des amis séparés, leurs regards se rencontrent sur elle dans la céleste région.

A peine la saisit-on dans le ciel; mais sa lumière a la pensée, mais elle rend regard pour regard, mais son éclat est un rayon d'amour.

Ainsi, les yeux ne sauraient la quitter, ils la suivent dans le ciel, ils l'accompagnent sur la terre.

As-tu choisi ton étoile? Vois combien il en brille et lumine dans la voûte azurée au milieu du silence de la nuit!

Pourtant ne va pas confier ton cœur à celle qui surgit la première ! Que la vanité ne guide pas ton choix, ne nomme pas tienne la plus étincelante !

Que ton étoile soit celle dont la lumière a la pensée, qui rend regard pour regard, et dont l'éclat est un rayon d'amour !

L'Écho.

Enfant, je me plaisais par mes cris à éveiller les voix des forêts, et leurs sauvages répons me donnaient de vagues joies ! Survint une autre phase de la vie , et la rime sourit au jeune homme, en place des échos. Jeu des rimes, jeu plein de charmes ! Comme les sons répondant aux sons me ravissaient naguère ! Mais tout passe, je deviens insensible, même à l'harmonie des vers, et de même que je ne cours plus éveiller les forêts, je n'évoque plus les rimes sonores.

Les Redites.

Pourquoi luisez-vous , jours opiniâtres ? La terre ne changera pas de face, ses phénomènes resteront les mêmes, l'avenir ne promet que des redites.

Ils n'ont pas été vains, tes combats et tes tumultes, âme ardente de compréhensions, âme insensée, tu as fourni ta carrière avant le corps !

Tu as épuisé les impressions du vulgaire , tu connais son cercle rétréci. Bercé par les pâles ombres du passé , tu dors et ton compagnon de voyage

Contemple d'un œil indifférent l'inutile soleil qui vient détrôner une nuit sans prestige , les ombres de la nuit engloutir un stérile soir, triste couronne d'un jour vide de sens,

------

Fin de la créature.

Quel **nom** donner à cet état de l'âme, où l'on ne dort ni ne veille, dans lequel l'homme touche de près aux limites où la raison se perd? où, conservant la plénitude de ses sens, il est poursuivi de toute part de visions de plus en plus fantasques et bizarres, comme s'il était entraîné dans le chaos de son existence première, au milieu de la lutte des éléments? Parfois l'esprit ainsi exalté perce des mystères cachés aux autres mortels.

Était-ce la création d'une imagination malade, ou bien la combinaison hardie d'une pensée ardente et lucide, cette hallucination qui m'apparut au milieu des ténèbres d'une nuit profonde? Je ne sais, mais je crus alors pouvoir lire clairement dans l'avenir des siècles Les événements surgissaient et se suivaient glissant comme des nuages, et parfois m'apparais-

saient en époques distinctes ; enfin, je vis sans voile
les dernières périodes de la vie humaine.

Au commencement, le monde m'offrit le tableau
d'un jardin magnifique, partout se sentait l'influence
bienfaisante de l'abondance et des arts, partout l'œil
ravi ne voyait que palais et cités , places, théâtres et
jets d'eau, en même temps qu'une population intelli-
gente soumettait tous les éléments à ses lois ingénieu-
ses. Déjà l'homme maîtrisait les flots rebelles et par-
semait les mers d'îles habitées. Au moyen d'ailes sa-
vantes, il parcourait à volonté les vastes domaines de
l'horizon. Vie et mouvement partout, la terre parais-
sait en fète.

Les époques stériles avaient disparu , les labou-
reurs faisaient descendre à leur gré les vents et les
pluies , les chaleurs et les frimats , et d'abondantes
récoltes couronnaient toujours leurs labeurs faciles.
Les bêtes féroces n'existaient plus ; leur maître ,
l'homme , les avait forcées dans leurs retraites les
plus ténébreuses, depuis les antres des forêts jus-

qu'aux gouffres des mers et les confins des airs. La
douce paix avec sa radieuse auréole régnait seule sur
l'univers. En extase devant ce siècle magique , voici
m'écriai-je le triomphe sublime de l'intelligence humaine ! Confusion et honte à ses détracteurs ! Gloire
au progrès !

Cette époque s'évanouit , un autre mirage surgit
alors. Homme que n'as-tu découvert, pensai-je avec
orgueil , et pourtant quel spectacle m'attendait ! Mes
esprits troublés pouvaient à peine se rendre compte
de l'ère suivante. Mes yeux ne reconnaissaient plus
les hommes ; habitués aux jouissances constantes de
tous les biens terrestres , ils considéraient d'un œil
indifférent tout ce qui avait excité les soucis et l'ac-
tivité des races précédentes , tout ce qui avait si vio-
lemment passionné leurs pères.

Dédaignant les désirs matériels , étrangers à leur
entraînement grossier, les rêves de l'âme, ses appels
extatiques, leur tenaient lieu de tout autre mobile ; la
fantaisie seule dominait leur existence, et l'être ma-

tériel avait fait place à l'être spirituel. Une pensée fiévreuse les emportait sur ses ailes rapides dans le chaos de l'Empyrée; mais sur terre, leur démarche était chancelante, mais leurs unions étaient stériles.

Cette fantasmagorie s'effaça encore comme la première, et un tableau hideux s'offrit à ma vue : la mort parcourait la terre et les eaux, le sort des vivants s'accomplissait. Où sont les hommes? Ensevelis dans les tombes! Les derniers rejetons des familles disparaissaient comme ces poteaux antiques, tombant en poussière sur les limites abandonnées ; des villes, il ne restait plus que les ruines; les troupeaux insensés erraient sans pâtre sur les prés incultes, les soins de l'homme leur manquaient et leurs cris affamés étaient navrants !

Un silence solennel s'étendit enfin sur l'univers, et la nature se couvrit de son manteau sauvage des premiers jours. Spectacle à la fois sublime et douloureux que l'aspect des eaux, des forêts, des vallons dépeuplés! Comme autrefois, réchauffant l'univers de ses rayons régénérateurs , l'astre du jour apparut, mais plus un être sur le globe pour saluer sa bienvenue! Les exhalaisons de la terre, seules se mouvaient encore, la voilant de leur vapeur bleuâtre , qui montait au ciel comme la fumée d'un holocauste expiatoire !

Pas d'oubli.

Raison souveraine! toi que prend pour guide l'artiste de la parole, que lui veux-tu? — Pas d'oubli, c'est l'homme, c'est le monde, c'est la vie, c'est la mort et toujours la vérité sans voile! Orgue, palette, ciseau, heureux celui qu'entraîne votre inspiration sensuelle, sans le porter au-delà. Il y a place pour lui aux festins de la terre, il y a des coupes pour l'enivrer; mais devant toi, raison inexorable, aigu rayon, ainsi que devant le glaive nu, pâlit toute humaine allégresse!

Mara.

Mes fers sont brisés et je te revois, pays natal,
mon premier amour !

Voûte azurée de mes stepps, brises de la patrie,
mon regard vous contemple dans une muette extase !

Mais je retrouve avec plus de charme encore le
bosquet sur le versant des deux collines, et au fond
du taillis, la maison rustique, abri de mon enfance !

Tu t'es enfuie, époque dorée ! Depuis j'ai erré au
loin, j'ai appris les hommes, et les apprenant, j'ai
souffert !

Le ciel m'avait départi une immense ardeur vers
le bien ; mais a-t-elle trouvé un écho ? mais a-t-elle
porté ses fruits ?

J'ai connu les frères, mais leurs jeunes rêves ne
nous réunirent qu'un instant. Les uns souffrent au
loin, les autres ne sont plus de ce monde !

Je suis à toi chênaie natale, mais , fuyant le sort contraire , je ne viens pas seul me réfugier en ton abri protecteur.

J'amène sous ta feuille sacrée ma compagne en prières, ma jeune épouse et notre doux enfant dans ses bras.

Puissions-nous, dans ton humble retraite, ma bien-aimée et moi, cacher à tous notre existence , et ne conserver aucun souvenir des autres lieux de la terre.

Sans regrets du monde, vouant l'humanité à l'oubli , je renfermerai dans mon cœur les seules idoles de mon amour !

Soucis matériels.

La foule aime le jour qui l'appelle au tumulte, tandis qu'elle craint la silencieuse nuit qui accueille les fantômes d'une imagination insubordonnée ; mais nous, nous ne craignons point ces légères visions, filles diaphanes d'une ombre protectrice. L'aube du jour réveille des spectres plus effrayants, ce sont les vanités humaines et les devoirs quotidiens.

Étends la main, touche du doigt aux ténèbres insurgées et le fantôme qui t'effrayait glissera dans l'abîme et tu n'auras qu'à rire de l'aberration momentanée de tes sens.

Ô vous, enfants de la fantaisie ! vous que dès le berceau ont visité des fées, pleines de grâce, vous les familiers de l'occulte, vous hôtes journaliers de ses festins, sachez braver le fantôme du réel, allez à lui, il fuira, et le nuage évanoui, la famille des esprits ouvrira de nouveau les portes de son Éden au vainqueur de la matière.

Mon Étoile.

Ah ! crois-moi, tu m'es plus chère que la gloire !
Le dirai-je ! L'inspiration m'est parfois importune.
Elle ne me laisse pas jouir en paix de mon amour !
Puissé-je n'appartenir qu'au lien du cœur ! Viens !
dissipe mes rêves, caresse , caresse-moi , ô la bien-
aimée de mon âme, et soumets à toi la muse rebelle.

Mort de Goethe.

Elle vint et le grand vieillard ferma doucement
ses yeux d'aigle. Il s'endormit tranquille, car, ici bas,
il avait accompli tout ce qui est de la terre. Ne ver-
sez pas de larmes sur sa tombe glorieuse, oubliez que
le crâne du génie est désormais l'héritage des vers !

Il n'est plus , mais il n'a rien laissé sous le soleil
des vivants, que sa lyre n'ait salué , mais son âme a
répondu à tous les appels de l'âme, mais son esprit a
embrassé le monde , et n'a trouvé de bornes qu'aux
rives de l'infini.

Tout avait son amour, systèmes laborieux des sa-
ges, créations des arts inspirés, testaments des siècles
antiques, espérances des générations florissantes , sa
puissante imagination l'associait aux soucis du dia-
dème comme aux chagrins de la masure délabrée.

Nature, une vie fraternelle l'unissait à toi : il savait

interpréter le babil du ruisseau, il comprenait l'i-
diôme des feuilles frémissantes, son oreille entendait
croître les gazons , il lisait au livre des étoiles et la
vague marine conversait avec lui ! Il a connu, il nous
a dit tout l'homme, et si notre existence est bornée à
celle de la terre, si rien ne nous attend au-delà des
fugitives visions de ce monde, voyez sa tombe et dites
si jamais Pharaon d'Égypte a élevé plus haut pyra-
mide à sa mémoire !

Et s'il est une vie d'outre-tombe , lui qui a su répondre à toutes les voix de la terre, et lui rendre ce
qu'elle donnait , en mélodies sonores et profondes , il
s'élancera d'une àme légère vers celui qui était avant
les siècles, et les vapeurs d'ici-bas ne viendront pas
troubler sa céleste félicité.

A toi.

Petit nom, que j'ai créé pour ma bien-aimée, invention non raisonnée de ma caresse enfantine, étranger à toute signification palpable, pour moi seul, tu es le symbole de sentiments qu'aucun idiôme ne saurait exprimer. Éclos tout d'amour, consacré à l'amour, je ne veux pas qu'il vienne à la connaissance des indifférents. Que leur importe? Mais si jamais le doute venait la troubler, oh! ce nom éloignerait le doute à jamais, mais dans l'autre monde, au-delà du tombeau, où la forme terrestre nous quitte, où nul vestige des sens ne peut nous faire reconnaître, l'éternité m'accueillera avec ce nom, je l'exclamerai pour que tu l'entendes, et ton âme volera au-devant de la mienne!

Le dernier poète.

Siècle de fer, tu avances en ta voie : soif d'or, culte
du quotidien et de l'utile, chaque jour plus habile et
plus débonté ! L'éclat de la civilisation a fait fuir les
songes naïfs de la poésie. Les générations les mépri-
sent au sein de leur préoccupation industrielle.

La Grèce renaît pour les joies de la liberté. Elle
rassemble ses peuples, elle relève ses capitales. De
nouveau, les sciences y fleurissent, le commerce y en-
voie ses vaisseaux, mais il est veuf de chants, l'anti-
que Paradis des muses !

Vous régnez, neiges resplendissantes d'un monde
qui vieillit ! A vos lueurs, l'homme est sévère et pâle,
mais la patrie d'Homère a des prairies verdoyantes,
des fleuves azurés, des bocages embaumés. Le Par-
nasse est en fleurs, vive et limpide comme jadis,
bouillonne l'onde castalienne. Enfant inattendu des

derniers efforts de la nature, un poète naquit, il fait entendre sa voix.

Simple de cœur, il chante la beauté et l'amour, le vide et la vanité d'une science qui voudrait les proscrire ; il chante l'insouciance des maux fugitifs de la vie. Autrefois l'homme moins prévoyant goûtait plus de bonheur.

Aux froids adorateurs de la triste Uranie, il ose vanter les passions impétueuses : « Ainsi que le souffle orageux d'Éole féconde les guérets, elle féconde les cœurs. De leur sein agité, s'élance la divine fantaisie, comme Vénus surgit autrefois du sein de la mer écumante. »

« Et pourquoi refuserez-vous votre foi à vos inspirations les plus intimes, les plus souriantes ? Cœurs vaillants ! Pourquoi souscrirez-vous à des traités pusillanimes ? Oh ! soumettez-vous aux douces convictions auxquelles vous convie le tendre regard de la femme ! Oh ! acceptez les consolantes révélations d'un ciel compatissant ! »

Il entend un rire dédaigneux : ses doigts s'arrêtent sur les cordes de sa lyre ; sa voix expire sur ses lèvres, mais son âme n'est pas vaincue. Il portera ses pas en un désert sauvage, il oubliera les hommes au sein des fraîches inspirations d'une nature primitive; mais, hélas ! le monde ne possède plus d'antre inhabité, mais il n'est plus de solitude sur la terre !

Seule, la profonde mer repousse le joug de l'homme : libre, vaste, prestigieuse, elle ne change pas de face, depuis que Phébus, le flambeau du jour à la main, se mira pour la première fois dans ses ondes.

Du haut du rocher de Leucade, l'enfant de la lyre la contemple rêveur et agité. Tout-à-coup ses yeux rayonnent de compréhension satisfaite : l'ombre de Sapho, cette roche célèbre, la voix de la vague harmonieuse qui chante une hospitalité souveraine..... C'est dans ces flots, où l'amante de Phaon éteignoit les flammes d'un amour insulté, c'est dans ces flots qu'il éteindra son imagination trompée, son inspiration inutile !

Et le monde, comme devant, rayonne de luxe ina-
nimé ; il dore et redore son vieux squelette. **Mais**
l'homme rêve malgré lui au bord de l'Océan ; mais
le bruit des vagues l'interdit ; mais il quitte la grève,
l'âme mélancolique et troublée !

La sagesse des nations.

Aimons la science, étudions le monde, cherchons à
sonder les abîmes du cœur humain. Mais quel sera le
fruit de nos longues années d'expérience et de médi-
tation ? Que saisira l'homme de la hauteur où il sera
placé ? Rien peut-être, que le véritable sens du plus
vulgaire dicton.

Le Préjugé.

Préjugé! tu es le dernier rayon d'une vérité qui va s'évanouissant dans la nuit des siècles. Le temple est tombé et l'esprit de ses ruines parle une langue oubliée.

Une génération dédaigneuse poursuit en lui (ne pouvant reconnaître les traits de son visage) le grand aïeul de notre vérité contemporaine.

Arrêtez vos efforts parricides, respectez son agonie et accordez une honnête sépulture aux cendres qui vous ont donné la vie.

La Rime.

Lorqu'aux jeux olympiques, au sein des jeunes villes de la Grèce, tu chantais, ô fils d'Apollon, tu te faisais entendre à une foule avide d'émotions généreuses, tu avais foi en la sympathie populaire et un mètre large et libre cadençait sans la gêner ta puissante voix. La foule restait muette et attentive, jusqu'à ce que, entraînée par une commotion victorieuse, elle éclatait en applaudissements et t'inspirait de nouveaux accords.

Mais de nos jours ! hélas! qui interroge nos lyres proscrites? Qui voudrait quitter les sentiers du vulgaire en s'élevant sur nos ailes? De nos jours, le poète ignore la portée de son essor; juge et partie à la fois, est-ce bien à lui de répondre si la voix qui lui parle est celle d'une fièvre bizarre, ou de la véritable inspiration, don sonverain du ciel?

Au sein de ce sommeil de mort, au sein de cette glaciale indifférence du monde, toi seule, ô rime ! tu viens l'encourager par tes échos bienfaisants! Ainsi que la colombe de l'arche, seule tu lui présentes le rameau fleuri, seule tu viens approuver ses veilles solitaires et légitimer ses aspirations !

Lorsque le poète, cet enfant du doute et de la passion, te fascina d'un long regard d'amour, tu n'hési-
tas pas à prendre ta part de ses jours tourmentés.

Toi, forte de cœur et si douce avec moi, ta main
dans ma main, tu me suivis dans mon sauvage Enfer,
et ton merveilleux amour en fit son Paradis.

Oh! que de fois ma tête rebelle s'appuya à toi,
âme si forte et si tendre, que je retrouvais alors, ma
foi, au ciel et à moi-même!

TABLE.

www.ingramcontent.com/pod-product-compliance
Lightning Source LLC
LaVergne TN
LVHW011449180726
843503LV00007BA/2956